我在人间的行囊里

除了爱与美 别无他物

微光万里

林祺诗选 GLIMMERING IN HER

林祺 著

浙江画报社
浙江摄影出版社
全国百佳图书出版单位

责任编辑：朱丽莎
装帧设计：巢倩慧
责任校对：王君美
责任印制：汪立峰 陈震宇

图书在版编目（ＣＩＰ）数据

微光万里 / 林祺著. -- 杭州 ： 浙江摄影出版社，
2023.8
　ISBN 978-7-5514-4590-0

　Ⅰ．①微… Ⅱ．①林… Ⅲ.①诗集－中国－当代
Ⅳ．①I227

中国国家版本馆CIP数据核字(2023)第125879号

WEIGUANG WANLI
微光万里

林祺 著

全国百佳图书出版单位
浙江摄影出版社出版发行
　　地址：杭州市体育场路 347 号
　　邮编：310006
　　电话：0571-85151082
　　网址：www.photo.zjcb.com
印刷：杭州捷派印务有限公司
开本：889mm×1194mm 1/32
印张：9
2023 年 8 月第 1 版 2023 年 8 月第 1 次印刷
ISBN　978-7-5514-4590-0
定价：68.00 元

丰裕：不断修正的爱与美

　　她想写诗了，就写诗了。理由很充分："世界把它的美荡漾给我看……我也要把我的心荡漾给世界看。"凭借对诗歌模糊的看法，她组织文字进行表达和抒发：从新疆到西藏，从沙漠到雪山；从莫斯科到罗马，从建筑到雕塑；从恒河到湄公河，从季节的轮回到陌生的相遇，等等，这些都触动了她的情绪。她把这种认知与感受，随意地涂抹在水天相连的蓝色背景中。这蓝色，纯净的湛蓝，像灵魂的镜面，映照出她尘世之爱的细微脉络。显然，她并没有错过许多人生的好运气，那几乎需要一列旧式绿皮火车才能装载的量，似乎并没有在她的发梢间转瞬即逝。相比于那种空荡荡的秋风扫落叶的状态，她永远带着那种初恋般遥远又邻近的气息。

　　坦率地说，我们身处的简体中文时代已经很老了，只要看看身边的少年们，每天每时被各种要求和规则约束着，便会发觉，在这样一个老旧的时代，爱是稀缺的奢侈品。只要时代年轻，哪怕是暂时的回光返照，爱情的活力就会在人间蓬勃。想想柔石的小说《二月》，那种细腻的情感纠葛，在现今的江南，几乎难以寻觅了。同样，以爱为主题的写作，纯粹性也在逐渐消失。记得有一次，李陀、北岛和我在西湖边喝茶闲聊，李陀非常诚恳地说，现代诗一旦出现"爱"这个字眼，诗歌的品质便会有所下降。可见，无论在物质还是在精神层面，爱都有了禁忌。因此，当我读到这部诗集那渗透纸张的爱，我感到惊讶，我的反应是怎么还有人这么执着、单纯地写爱与美，这算不算清新的逆流？随后，这些缺乏形式的文字以不可抵挡的微光，感染了我。爱，不等同男女之间的爱情，更多的如她认知的，叩开每一扇陌生人的门，直到找到自己的家。爱是活体精灵，许多人把它遗弃了，她领养了一息尚存的它。

有几个早晨，我注视着诗集封面上那个停住脚步的背影，我知道，她叫林祺，在 1990 年的一个暴风雨之夜，出生于福建福州。至少我相信这种"神授"的力量在她文静的雪原上，蕴藏着火山。她的父亲毕业于北京大学，母亲是小学老师。因父亲多病，她幼时被辗转寄养在各个亲戚家，敏感的"触须"因此生长。她大学读的是会计专业，这选择来自母亲的现实考虑，但也把灰暗强加给了她。醒悟在最恰当的时刻来临："一日上班途中，大雨滂沱，电动车打滑，所幸旁边的公交车及时避让，并无大碍。突然开始思考——生命。"于是，辞职、恋爱、做自己喜欢的工作，不断延伸的旅行向着"陨星砸过的大地"凹凸不平地开始了。

我曾经在影视单位工作，整天接触演员、主持人，见多了美女，对漂亮具备了免疫力。第一次见林祺，我就辨认出她是一个经常做梦，又能安稳适应万有引力现实作用的女子，她的美，内敛而亚光，长期和不同种族的人接触，让她获得了一种自然、舒服的亲和力。其实，很多见过世面的人并不像她那样学会了吸收活着的丰富性，只有懂得包容差异，才会说"最珍贵和最轻贱都一样"。她让我想起捷克诗人塞弗尔特，无论面对战争还是贫困，他的诗句里永远充满热情与憧憬，用鲜花反对任何恶与毁灭。"刹那芳华"——她喟叹、追求的难道是脆弱的灿烂，抑或是薄翼蝉鸣被琥珀封存的甜醉、酸辛？不，我以为，可从细枝末节里窥探因果：她在尘世的途中，不断修正着自我的爱与美，她所抵达的必然是丰裕。

语言是现实之外的另一个世界，它们有交集、重叠的部分，有相互规避的部分。在我看来，语言高于并引领现实，尤其重要的是，人更多的是生活在语言中，每一颗心灵的秩序是由语言约束并解放的。比如，书籍中的胡夫国王比那个金字塔里的木乃伊形象更为丰满，语言不仅把有的还给了他，把没有的也赋予了他。其实，真的不必计较自己是不是已掌握写作技艺，在历史上，只有为数不多的几位自觉地进入了语言的创造之境，其余的皆把语言作为工具使用，虽然没什么，但最好意识到，并努力调整："小我熄灭的瞬间，我将融入浩瀚宇宙。"

　　林祺现在生活于杭州，我在这座江南名城住了18年，西湖与酒在疫情这几年已失去了风月和血肉，似乎难以听见延安路上现代艺术的喧嚣，印象画廊壁炉里的木材还在噼啪作响吗？维特根斯坦与波普尔的争论还在继续吗？我想问问林祺：你去佛罗伦萨时，"葡萄酒满溢，神女的手指修长"，但断桥上还有纯真年代时的景象吗？我突然有种感觉，也许是错觉，无论她在哪里旅行，希腊诗人卡瓦菲斯都仿佛在替她说："你永远不会找到一个新的国家，不会找到另一片海岸。这个城市会永远跟着你。你会走在同样的街上，衰老在同样熟悉的地方。"

　　诗比诗人更真实，她的《日光之城》《璀璨星河》《佛罗伦萨的夜》是诗集中篇幅较长的，恰恰在这几首诗中，她把自己隐匿成旁观者，但她的精神被植入一把天梯，开阔的语境狂飙般涌入。她在升华，非常强烈地超越了自我，超越了爱与美。这赋予了作品某种史诗的品质。我深切体会到她在写作时的欣喜，那种俯瞰的力量，可以说，在当时的语境里，她没有恐惧与胆怯："高跟鞋红如烈焰，撞击在百岁老木上，咚咚地响。声音，发自肺腑。"也许，星空才是她安放柔情的地方。什么样的女性才能影响人的灵魂？那就是她的基因拥有年轻的古老，拥有可以在废墟上重建的激情与智慧。

人性易变，但其实，未来和文化的复杂性比人性更易变，不变的是："唯有爱情与美才有资格教育生死。"我在 21 世纪初写下的这句诗属于林祺。

潘维

2023 年 3 月 14 日

爱是一生的课题

我走了很远、很远的路，看到了各式各样的风景，也遇见了形形色色的人。山河万里，微光无穷，来往无数客。爱旅行，爱读书，这些点滴心光，照亮了脚下的路，照亮了来者的脸，也照亮了人间斑斓的星河。

行走，是我们深入世界的一种方式。通过行走，通过抵达，通过六根的感受，我们的主观世界更加开阔，融入了更多的客观世界。静物不会说话，但你总能发现人们的价值观念与当地的山河风貌相互融合，交相辉映。不同地域，人们的生活方式以及价值观念差别巨大。在不同文化间行走，像穿行在不同的星球，奇异、陌生，有美，有爱，有惆怅，又充满惊喜。以客观的视角观看，以主观的视角书写，风景在瞬间触动生命的爱与美。

旅行间，书写间，很多时候我觉得自己就这样自然地融进了光，融入了美。

旅途中，慢慢体会到人活于尘世的平凡与伟大、真爱与永恒。什么是爱？如何去爱？如何表达爱？如何接受爱？如何相濡以沫？如何相爱相守？这些都是人生旅程的意义，也是一生的课题。人的一生足行万里，阅书万卷，无穷的来路与归途……我们都曾学着处世，学着行走，学着观察，学着理解，学着感悟，也学着去爱。人生旅途终归是一场关于爱的相遇。山水之间，天地之间，人群之间，真诚且充满热情的爱，正是感受生命的途径。

一位智者说过："人的一生，要谈三场恋爱——爱上具体的人，爱上人间，爱上智慧和真理。"美景、美物在我们对人世失望透顶时，滋养我们，让我们又重新燃起希望，智慧和真理只有被泪水冲刷过的眼睛才能看见。伤痕累累的心才能淬炼回最初的真挚，体会爱是懂得，感受爱是慈悲。"爱上"是一瞬间的事，而爱是无限时空里念念不忘的回响。只要你在，无限的光、无限的爱就在。有一天，你会发现爱是永远相信，爱是永远希望，爱是永不止息。

有一天，你会确信——人间是真、善、美；你会确信，你自己就是光，就是爱。这份爱照亮了自己，也点亮了世界。以一生的力量，在绵延的时空里缓缓地爱。这条流动的心河将滋润着生命。

诗人雪莱说过："诗歌是至乐至美的心灵在至乐至美瞬间的记录。"行走之间，呼吸之间，我收集着尘世的爱与美，装满了一只名为青春的口袋，以诗歌的形式与你分享。我把一路收集来的星辰、高山、光芒、白雪、鲜花，把一路收集来的爱、美与快乐，一并带到你的面前。一路风雨，一往情深……

足迹丈量辽阔大地，微光照亮心河万里。

以此为序，自勉。

林祺

2022 年 10 月 23 日 于杭州

行走之间，呼吸之间，我收集着尘世的爱与美，装满了一只名为青春的口袋，以诗歌的形式与你分享。

目
contents
录

第三辑

爱上你　爱你如诗

寻找花开

切记

花之美是因奉献而存在的

爱上人间
看见世界

知者乐水，仁者乐山。

——孔子

我把心向阳的地方称作心房

微观世界里所有微尘在彩虹心房里飞扬

我看得见所有

所有属于这个世界无与伦比的美丽

行走于世界

用尽了所有力气

我在人间的行囊里

除了爱与美　别无他物

＼寻找光明　切记　太阳是从自己心里升起来的＼

2021年10月2日　摄于海南陵水

心花向阳

寻找光明
切记
太阳是从自己心里升起来的
寻找花开
切记
花之美是因奉献而存在的

将心里所有的光亮收集
和太阳一起
光芒四射

将心里所有的芬芳收集
和花儿一起
沁人心脾

我们在无边无际的光与美中
相拥
直到世界与我们一起融化

2021年9月29日
于海口凤凰约定美学苑

【随笔小记】

　　世间这个巨大的万花筒里，每一朵花都很美，留下最深情的那一朵，在你心里种下，散发满庭的幽香。

〈信仰之路若是没有同行者　天堂也是一片荒芜〉

2021年12月27日　摄于云南香格里拉

一封给世界的情书

朋友说 "你好像一直在路上"
我微笑着把世界给他
人生旅途
谁又不是一直在路上呢?

世间的路
我已行走多年
对世界的热爱
从好奇到惊喜
从偶然到必然
从最初到最后
我一直在走
求一个圆满

泰戈尔说
世界的旅者
唯有叩遍每一个陌生人的门
才会找到他自己的家
人也只有在外四处漂泊
天涯踏遍
最后才能抵达内心最深处的殿堂

行万水千山
度日日夜夜
我用真诚叩遍每一个有缘人的心门
善良的人们回赠我以微笑

宫殿　庙宇　教堂
琉璃瓦　金屋顶　天使像
带着纯真和向往
走遍人间的殿堂
带着忏悔和祝福
途经尘世的劳作
带着爱流泪的眼睛和一颗脆弱的心
流浪与行走

许许多多的风景
闪耀过我的生命
形形色色的人们
丰富着我的宇宙

在这世间
比与神对话更深刻的是
与人对话
比天堂之门更加耀眼的是
饱经生活之苦还选择善良的心门

信仰之路若是没有同行者
天堂也是一片荒芜
行路人是路的灵魂
我　一直在行走
你们是这旅途中最别致的风景

唯愿
我也是你们
旅途里美好的记忆

2021年12月27日
于云南香格里拉

【随笔小记】

　　旅行和流浪最大的区别在于目的，旅行者带着知觉，尽可能更多地去收获故事、风景、体验，保存于心中；而流浪者漫无目的，眼神虚空，仿佛希望和信仰从未和他们有关，他们也不曾真正在这世间活过。

爱与美的故乡　　在尘埃里

2021年4月6日　摄于西藏拉萨

在人间往事里

深藏的偏爱
被眼角的余光出卖
爱与美的故乡
在尘埃里

泥泞与污浊生出花来
水没有自己的踪迹
凡间没有永恒
凡间也没有既定

我合上了经书
博大的爱不适合我的卑微
眼里倒映着金墨
凡间的信仰
当用世俗的成就来表现

那些跪着求福的
不适合金殿的耀眼
那些行着穿堂的
不适合天地的自由
那一尊端坐的菩萨在微笑
灰石不适合她柔软的慈悲

2021年4月6日
于西藏拉萨

＼心动这一年　思念漂流的元年＼

2022年4月10日　摄于杭州信义坊

时光逆流

木心说
青年想恋爱
中年想旅游
老年想长寿

嗯

我已走遍深爱的祖国
世界的路也走过不少
无数个教堂　独自祈祷
无数个寺庙　虔诚跪拜
无数个星辰　凝望天空

天地之间　山水之间
世界把它的美荡漾给我看
它很无畏　它很坦荡
我也要把我的心荡漾给世界看

但
我更想把心荡漾给你看

一起去看木香花吧
白色的木香花
满城地开
它的花语是爱情的腐乳
哦　不对
是俘虏

预支完我的中年
遇见你的那一刻
我开始回到青年
心动这一年
思念漂流的元年

漫长的混乱
游离在回忆之外
遗忘是长寿的哑巴
喘息着　活着

坠入遗忘的陷阱
木香花是什么香味
想你的时候
世界是一出无声的哑剧
想你的时候
你是哑剧里唯一跳跃的音符

奔向有你的宇宙
无人知晓之寂静处
在长街
在暗夜
在星河

2022年4月10日
于杭州

心愿挂满枝头　精灵舞动幻境

2022年5月26日　摄于舟山白沙岛

只是遇见

赤脚乱跑　在满岛
撞进山海艳阳的怀
告别

与金龟子温柔相遇
再告别

在微风里　在欢笑里
在奔跑里　在回忆里
没有追逐　不再等待
没有占有　不再执着

阳光晃动着铃铛
树影斑驳了山路
心愿挂满枝头
精灵舞动幻境

随心而起
不曾遗忘

2022年5月26日
于舟山白沙岛
与友人吹海风

／悲喜一笑之间 迷悟一念之间／

2020年9月8日 摄于西藏羊卓雍错

回《兰亭序》

无关风月
谁题序等谁回？
谁于乱世抱一？
谁于四季抱青？

俯仰一世之间
死生一快之间
悲喜一笑之间
迷悟一念之间
人我一契之间

文字封印了空间
思绪停摆了时间
过去和未来
此刻正相逢

2022年3月16日
于中国美术学院南山校区

【随笔小记】

　　一本书，或是一张帖，抑或是一些地方……那些你念念不忘占据着心头位置的念想，相信缘分，你一定会遇见。

　　在过去，在现在，在未来。

＼朝扭曲指针的方向　　寻找荒诞的天真＼

2020年7月4日 摄于西湖郭庄览风铃

木守之守

夏日里老天烦躁
肺里缺一碗冰镇雪梨
青桃骄傲
如倔强少女的唇
睡莲无忧
池塘里懒腰婀娜
人群疲惫
松开了被钱币捆住的双手

带上福尔摩斯的放大镜
去青春的案发现场
寻找美好的蛛丝马迹
带上达利的放大镜
朝扭曲指针的方向
寻找荒诞的天真

生活总说不清　看不明
究竟要给人什么　教会人什么
两片一千度的镜片
加之能放大五十倍的玻璃
什么也没找到

一缕阳光在你手里升起了烟
理想偷了那对风火轮
早已窜出了世界的边界

你咯咯地笑
灵魂却莫名着了火
眼间弯着生活的荒诞
心里攒着荒诞的美好

带上老顽童
揪上小哪吒
总可以寻找
总可以微笑
总可以给自己力量

守着一心的光明
也总会找到点什么

2020年7月4日
于西湖郭庄览风铃

【随笔小记】
　　女孩，你要做永远好奇、永远探索、永远充满热情的自己。这世界永远
有星空可以安放你的浪漫与天真。

夏无尽蔓延

紫色的绣球花
夏天里
默默地开
瓢虫停止了振翅
落在你心上

不说话的人儿
暗夜里
悄悄地爱
雷雨落在了屋檐
彩虹在等你

慈悲的菩萨
时空里
微微地笑
拈起那美丽的花
给那不说话的人儿

人们说
花开无尽夏
雨落有晴天

我说
花开无尽夏
雨落有情天

缘有尽　情无尽
人有尽　花无尽
夏无尽　蔓延

2022年6月9日
于杭州
在家中听雨赏绣球花

\花开无尽夏　雨落有情天\

2022年6月9日　摄于杭州家中

＼所有盛开　都在风中落幕＼

2020年10月24日　摄于新疆塔里木河

此即存在

橙色漫天
凌霄花任性地开
蓝天甘心做你的背景板

橙色散落
凌霄花随缘地飘
大地无声给你厚实的拥抱

不论生在高岭之上
或是落于地面
不论长于广漠之野
或是被人采撷
不论枯萎或是绽放
入药或是制毒

任何时空
任何状态
任何一种存在都是存在
不需要被定义
也不需要意义

所有盛开
都在风中落幕
真实的存在
这本身就是意义

2022年6月21日
于杭州

花语纷飞

花语
是春的声音
花儿们总是十分羞怯
你一不留心
就听不见它们的娇喘

花语
是春的声音
花儿们总是十分勇敢
肆意绽放美丽
不怕因此被人采下

花语
是春的声音
花儿们总是成群结队地来
撞在一起
那叫一个人间热闹

那些日子里
你总感觉
闪烁中精灵轻吟春光之醉人
微风里仙女曼舞春风之妩媚

可花儿们总是成群结队地走
像那毕业季告别的女同学

你伸出的双手如此无力
连同整个世界
一起跌落
美好消散在人间

兰因絮果　落英纷飞
纷飞了红颜
还好我有深深的执念
让美丽永存于记忆

2022年4月10日
于杭州西湖

日光之城

当阳光跳跃在金顶
当阳光落脚在黄墙
当阳光亲吻着人们黝黑的面庞
日光之城是它的名

金顶卜　黄墙边　老行人
徐徐地走着
转经筒顺时针的节奏
深深的信仰跃出薄薄的唇

我从大殿出来
回头望见老妇人进入的背影
应是我暮年的样子
一出一进
一生一世
她是我在世间
另一次轮回

蓝天似水
一如朝圣者清澈的心

洁白之云
是没有谎言的见证者
风铃声四起
逝水停驻在冰湖
凝固着累世不变的誓言

妙莲与白马
竟是同个灵魂
两个图腾
记忆深处永恒的烙印

阳光烫下金印
那是以火封存在时空里的光耀
隔着万水千山
我手里握着来自日光之城的家书

2021年12月20日
于云南香格里拉
（注：妙莲，藏语叫作"白马"）

2021年12月20日　摄于云南香格里拉

／时间我任你走

不需要你回头／

2021年5月26日 摄于青海翡翠湖畔

时间在跑

驿路向西
风沙里有四季的轮回
赶羊的人挥起悠长的鞭子
抽响这望不到尽头的青海湖

鞭子从来不会真的落在羊儿们身上
却隔空抽出了羊群莫名的恐惧
它们步调统一 慌乱奔跑
却跑不出这望不到尽头的青海湖

我不属于这里
只是听到了那声响
回头望去
看见奔跑的自己

时间是一匹黑马
任四季与之追逐
马蹄印子一串一串
铃兰般开满了荒秃的草原
谁骑着它财色名里转
谁骑着它财色名里战

奔跑吧
尘世间的战马
时间我任你走
不需要你回头
时间你任我走
不允许我回头

善心之罗盘
戒律之缰绳
信仰的北极星指引着方向
战场在四季里轮回

当铃兰印子再一次回到这荒秃的草原
羊群的子子孙孙们在奔跑
一切都已发生变化
一切又都未曾发生变化

2021年5月26日
于青海翡翠湖畔

酒仙密语中

炊烟
袅袅飘起在晨雾间
层峦山峰
隔绝着尘世

赤水河带来灵动
梦幻如仙境
精灵们乘着流淌的河水
收集日月之精华

水汽被它们不停地搬运
奔腾的河
红缨子露珠
高粱沉寂
蒸煮　高温
本色尽显

时光静而不语
每一滴水珠都吐露着光阴的秘密

五年
相见江湖
何其爆裂
率真于语

十年
褪去锋芒
刚中带柔
勇猛于身

二十年
沧海沉浮
自强不息
义守于行

三十年
地久天长
仁德在心
梦想永存

纷争带走爆裂
善良留下温柔
喝下这杯精灵们酿的琼浆
任时间流过身体
淡而不淡
澄澈透亮

一杯又一杯
无法言述它的美

2022年1月9日
于贵州茅台镇赤水河边

／寻路　因对美的向往＼

2013年3月23日　摄于泰国普吉岛

独追

一双脚
踩着礁石
寻路
因对美的向往

夕阳亲吻浪花
礁石太乱　夕阳太快
没有一条可走的坦途
我不回头

火红在前方
落日占据了　我的心
浪潮它在呼唤我
快点　再快点　再快点

我追　我赶
脚下随时要打滑
我在害怕里前行
人群渐远
身后只有自己的影子

对美
我不顾一切
为美
我赌上所有

我追　我赶
浪花亲吻着我的脚
站在娇美的夕阳中间
再无阻挡

2013年3月23日
于泰国普吉岛

蓝花楹歌唱

文弱的蓝
不屈服的灵魂
静谧的蓝
占满枝头的野心

活着　每一天
都要做一朵自由的花
迎风轮转
每一世都要顽强

花瓣柔弱
人们看不见它连着的
是泥里生出的
坚定与勇气

蓝与蓝连成了片
花开　一树一树
春风十里
花百里
蝶舞　一世一世

明月千里
暖一颗心里

如梦　如你
是梦　是你

2018年12月6日
于澳大利亚昆士兰大学
赏蓝花楹盛开

2018年12月6日　摄于澳大利亚昆士兰大学

伏特加浸泡过的灵魂 热烈燃烧

2015年10月6日 摄于莫斯科

寻遍莫斯科

鹅毛般的大雪
突然地落下
初见莫斯科
用一场等待已久的大雪

写信
抓一片鹅毛雪
诉说思念
普希金说 "假如生活欺骗了你"

走进他的博物馆
莫奈的睡莲
紫的 粉的 白的
星星点点
盛开在一汪池水里
薄纱长裙
少女从桥上走过
朦胧柔光落在她的发肤上
静谧的花神
只有我见过那神秘的微笑

入夜
青云似惊涛巨浪滚滚而来
战斗民族的云
终于露出压抑已久的本色
莫斯科河神躁动起来
翻滚　咆哮
河神咆哮于风中
两岸灯火摇曳开来
伏特加浸泡过的灵魂
热烈燃烧

二十年间卡佳在那失眠的夜里
一定曾无数次地徘徊在这河边
河神教会了她勇敢
给了她一颗永远相信爱的心

战斗民族也会心碎
但战斗民族不会被击垮
每一次心碎
带来更无瑕的新生

你知道我找你多久了？
每一片风中的鹅毛雪
都是我的信使
送去我对你缭乱的思念

2015年10月6日
于俄罗斯莫斯科
忆老电影《莫斯科不相信眼泪》

／倒下 再向上

折断 再新生／

2021年6月13日 摄于新疆天空草原

天真草原上

微风的舞鞋绣满百花
跳动在草原
蓝天剧场下
春女神停下写生的画笔

牧民们和他们的祖先一样
凌乱着头发
蓄着胡子
旧旧的羊皮袄子
随意耷拉着袖子
注视着羊群
又仿佛在眺望远方
平和空洞

站在山顶上
鹰　盘旋着俯视草原
肆意生长的野草
被牧民和马群踏过
又倔强地挺起了身躯

不屈　向上
倒下　再向上
折断　再新生

伏在山谷间
孤独的雪菊仰望着蓝天
仰望着人群里他俊美的脸
天山的雪
化作流水潺潺　滋润了我的心
却带走了那俊美的少年
远风细雨抹去了少年的脚印
谁会如此牵挂世间的一朵花

蓝雾迷蒙中
深情的人在四季里茫然地等待回信
比起山高水长更能阻挡恋人们相聚的
是人间暴力的战争
是人心世俗的名利

姑娘坐在毡房里歌唱
幽抑或哀婉
低语呢喃诉说相思如扣

等待送信的马蹄声
等待马儿的狂奔
等待从名利场上归来的少年

也许明天
她会策马上路
如果没有遗忘
在哪里相会又有什么区别?

温柔的泪花洒遍草场
马蹄声有了新的来路
当时间穿过原野
双眸清澈一如初见
蔚蓝剧场间
重逢在上演

再上演

2021年6月13日
于新疆天空草原

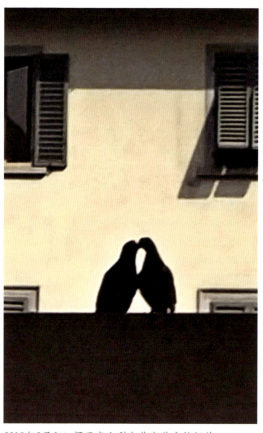

2018年8月6日　摄于意大利乌菲齐美术馆门前

创世纪

一对天使的翅膀
能带凡人去任何地方
甚至是上帝面前
与他指间触碰

云间穿行
人世尽头
恍惚　灵魂飘出肉身
周围唯有神的光芒

竖琴声回响
天使们舞蹈
葡萄酒满溢
神女的手指修长
蝉翼裙下藏着粉嫩
发丝像海草般飞扬

阳光是父的力量
倾洒
神秘女神之面纱
暗角
不断扩张
艺术的魂
断裂在老墙面

画笔　人间一支木棍
捉住了天神
借来一束光
云梯直冲向云端

纯粹的灵魂召唤出了神
用色彩诉说神界的故事
执笔的凡人
成了后人仰望的神

凡人身躯枯荣
化作神界里
永不凋零的花
金色闪耀之花

自由的灵魂
撞开了空间之门
创了一个世纪

2018年8月11日
于梵蒂冈米开朗琪罗画下

自由的灵魂　撞开了空间之门

2018年8月11日 摄于梵蒂冈

＼千岁桃树开了花　春天是它的理由＼

2021年4月4日　摄于西藏雅鲁藏布江边

心之所愿

南迦巴瓦峰的云散了
晴天是它的原因
千岁桃树开了花
春天是它的理由
想要和你说的话很多
我却找不出借口

藏族小孩笑了
高原红的脸像苹果
羞女峰笑了
司机说这是难得的幸运
你笑了
在我的幻想里
我笑了
这才是我的幸运

她说
风能把声音带到最遥远的地方
于是我在这里用风铃祈福
就让风铃替代你为我歌唱
轻灵　悦耳

没有一丝俗尘的烟火
来自我们曾经相遇过的天堂

风中的精灵
被我虔诚的心打动
它们说
风能走多远
祈愿和祝福就能走多远

风　它阅读了我的一生
打包了所有美好
越过山高水长
护你岁月静好

2021年4月4日
于西藏雅鲁藏布江边

越过山高水长　护你岁月静好

2021年4月4日 摄于西藏林芝

浪花排着队晒太阳　银鸥天地间流浪

2021年3月14日　摄于青岛

眼泪回家

浪花排着队晒太阳
银鸥天地间流浪
累了就在沙滩上歇脚
不怕人
它们觉得人类是亲人

提起裙摆
在海边奔跑
她像个孩子
天真着 快乐着
阳光着 跳跃着

他说小心
地上有贝壳
"不要紧，
我是海的女儿"

看看深邃的海
父亲一样的力量

把宽广烙印在心间
双手握紧拳头
青筋在手上暴起时
是血液涌入心脏
是江河奔入大海

听听海浪的声音
母亲一样的爱抚
抚过每一寸肌肤
闭上眼
确信这就是幸福

宽广　温柔
宁静　致远
是海教会我的
我是海的女儿

让海水渗透我的心
直至从我眼中涌出

和先祖们一样
眼泪成诗

流成一片幸福海

2021年3月14日
于青岛

【随笔小记】

　　小时候，母亲哄我入睡，总是会唱《军港之夜》。我一直觉得，我的摇篮摇在星空下的大海边。

／它积蓄营养　你收藏了爱／

2021年6月11日 摄于新疆库尔德宁

树命轮回

每棵树都与众不同

树叶散落时
没有了遮羞布
畸形的躯干和枝条
显得突兀却又自然

春天的微风轻拂
嫩芽从枝条抽出
迸发　向上
夏天的雨水滋养
树叶再次茂密
遮阳　挡风
秋天的阳光拥吻
果实里满满的爱
丰盛　喜悦
冬天的雪花飞舞
树叶落进了泥里
枯寂　腐烂

它积蓄营养
你收藏了爱
在每一场自我供养
供养他人的命运中

轮转不息　摇曳随风
微笑生死

2021年6月11日
于新疆库尔德宁

我的自白

雪花太小
离开天空就化成了水
花朵柔弱
过了花季便向宿命投降
和人生大多数事情一样
都是个寂寞
空欢喜一场

可我仍要
没完没了地遇雪
可我仍要
没完没了地问花
可我仍要
没完没了地在空欢喜中欢喜

也许
我的一生就是这样
在无意义的美丽中存在
我想
我的一生就是这样
在稍纵即逝的美里追寻

追寻　追寻　追寻
终我一生去追雪之光
遇见了美
荒芜宇宙的花园里
繁星似雪
繁花悠悠然

2021年1月17日
于大理洱海

【随笔小记】
　　每个人都在用一生的时间行走，书写一个关于自我的故事。

海水与火焰之海水独唱

呐喊　咆哮
请一定要大声呼叫
海底迸发的呐喊
到了岸边
不过只是浪花

呐喊　咆哮
请一定要大声呼叫
海底震动的咆哮
隔着千山万水
有人期盼听到

呐喊　咆哮
请一定要大声呼叫
让邪恶之人畏惧的咆哮
让贪婪之人惊恐的嘶吼
让卑鄙之人逃窜的叫嚣

哪怕　没有词语
尖叫也可
勇敢地制造噪声
那是上天赋予你的权利
那是你与生俱来的声音

不停地呐喊
不停地咆哮
让咆哮的回音响彻空中
震动到那冰冷的世界里
震动到那麻木的世界里

呐喊的波涛震动陆地
咆哮的海风卷起风暴
正义勇猛的力量
从海底涌起
击溃那些黑暗与丑陋

呐喊　咆哮
一定要大声呼叫

2017年2月2日
于越南岘港

＼正义勇猛的力量　从海底涌起　击溃那些黑暗与丑陋＼

2017年2月2日　摄于越南岘港

＼心跳在冰封里　新生在虚无间＼

2020年10月29日　摄于甘肃夏河

你好　香巴拉

相遇在深秋
从兰州出发
一路向西
雪花　雪花它一路追

是时空错位
深秋里满眼金黄
被皑皑白雪突然地覆盖
草场的围栏上
堆起一个迷你雪人送给朋友

手脚并用爬上观景台
再爬下来
冻得通红的手和鼻尖
让人觉得可爱

雪中的拉卜楞寺
洁净之心造出的世界
风吹过耳边
万人虔诚的诵唱声在回响
夏河之歌奔涌过岁岁春秋

他说这里是傻根打工的寺院
此刻我想起了他的天真
那些与他对话过的狼
那些他仰望过的星辰

今日没有遇见野狼
转经筒边遇到的狗
一路坚持送我们出寺院
今夜没有星辰
僧侣们从万佛塔下走过
转动万千经筒
留下的脚印很快又被大雪覆盖
一切痕迹终将落入虚无的口袋

一群羊在雪地里吃草
牧羊人把出生三天的小羊
放入我的怀中
我忍不住
一遍一遍亲吻着小羊的脸

心跳在冰封里
新生在虚无间
永恒在消亡的宇宙中发了嫩芽

一场雪
是香巴拉给我们的惊喜
是朋友给我们的惊喜
是生命给我们的惊喜

2020年10月29日
于夏河拉卜楞寺

／老松被新雪覆盖　瞬息的雪　终将过去／

2015年10月7日　摄于俄罗斯莫斯科普希金博物馆

在雪与雪无法相拥的世界

阴天缓行至十月心里
鹅毛大雪突然就落下
原来这个词语
是真

普希金博物馆前
老松被新雪覆盖
瞬息的雪　终将过去
看到的时候就开始怀念

狮身人面像
闪现着法老的灵
地球上的少女
自娱自乐地舞蹈

莫斯科绅士和我在地铁相遇
诗人执笔沉默在桌前
深深的雪　天女的围巾
白色柔软　隔绝着喧嚣

雪　落在玻璃上
一朵一朵冰洁
无根的天上花
片刻的温柔泊在透明的怀

看不清真实
也听不清谎言
西伯利亚的冷风
叫停了上帝和天使的歌

独身逃亡回故乡
恍惚间　遇见了一位少女
遗憾在她的头顶镀了白霜
那漫天的鹅毛
是她撕碎的爱情

窗外的雪渐渐融化
在雪与雪无法相拥的世界
瞳孔的倒影里没有彼此

时光化雪
心花凋零在尘世间
雪融时光
心花绽开在虚幻中

2015年10月7日
于俄罗斯莫斯科普希金博物馆内

〉西伯利亚的冷风　叫停了上帝和天使的歌〉

2015年10月1日 摄于俄罗斯圣彼得堡

〵忧郁在热烈中燃烧　海风带走灰烬〵

2021年2月18日　摄于杭州西湖

海水与火焰之火焰烈舞

一半海水
一半火焰
凌晨三点半
驱车行驶进沙丘腹地
气温是凉的
一如那些令人着迷的美丽

热带的沙丘
黎明前却是太凉太凉
火焰蓝色的心脏
懂它的人太少太少

忧郁在热烈中燃烧
海风带走灰烬
空虚之蓝
火焰痴狂

晨曦之金轮缓缓而来
新阳如婴儿一样
每日的新生是每日的宽恕与原谅
它给沙丘一身金色的袍
每一粒沙尘闪耀着自我的晶莹

我激动着　跳跃着
在一半海水一半火焰的热烈中
用尽力气把那些不美好的过往
都跳越过去

2017年2月9日
于越南美奈沙丘
等日出

每日的新生是每日的宽恕与原谅

2017年2月9日 摄于越南美奈

＼在我们追逐未来 追逐自我的路上 你始终相伴＼

2021年6月14日 摄于新疆伊犁薰衣草庄园

谢谢你 土地

谢谢你 土地
我赤脚奔跑以感受你的宽广
我轻抚浮尘以书写你的博爱
你以一种付出找到平衡
我以一种汲取找到馈赠
翻遍脑海
才发现你的名字如此朴实

是你寂静无声
任江 河 湖 海
自由流淌在你身躯之上
任他们
奔腾 跳跃
绘出他们自己的模样

是你默默包容
任山川 草原 城市 村庄
歌唱欢闹在你身躯之上
舞动每一个独特的灵魂
人类祖祖辈辈世世代代
因为你厚实的爱繁衍 生存
你给所有人的前世 今生 来世
安一个家

谢谢你　土地
你是人类的父亲
无论焦灼的黑夜与盼不到的黎明
赤脚触碰你的皮肤
心中总有一份
安全与坚定的勇气

谢谢你　土地
你是人类的母亲
无论怒吼的风暴与扭曲的云
蜷缩在你的怀里
心中总有一份
绵密的爱与无尽的温柔

谢谢你　土地
你是最忠诚的伙伴
斗转星移
在我们追逐未来
追逐自我的路上
你始终相伴

是你的爱　没有分别
给人们无尽的自由让其选择
给人们无尽的风景使生活充满体验
给人们无尽的惊喜让生命收获爱与希望

感恩有你
用血和泥
伴着日月星辰
深爱我们的
土地

2018年4月9日
于黄河岸边

爱上智慧
心河路明

我们还站在昏暗中，怀着柔和的梦，渴望走进那光明中，自己也化为光。

——黑塞

小时候住的那条巷子叫新庙路

鸽子总在傍晚飞回养鸽人的屋顶

汤圆店的锅总是热气腾腾的

巷子里的烟火间

总有寻找不完的故事

长大后我走过了大江南北

无论哪里的山和水

我都认真地驻足

每一寸山河里都有着别人精彩的故事和过往

这世间所有的过往都值得我们

去驻足 去沉思 去感悟 去收获天地间独一无二的心动

重生

小我不见
需要勇气
但有妙趣

我们都是一滴小水
因为繁衍
肉身在社会的河流里漂荡
因为思考
精神在哲学的海洋里畅游

我们都是一滴小水
因为生灭
因为缘起
在有意识和无意识之间流转

宇宙终是圆融的
不知道在哪一刻
小我熄灭的瞬间
我将融入浩瀚宇宙

2022年5月5日
于杭州
读闻中《与世界有一场深入的遇见》

2021年5月23日 摄于青海东台吉乃尔湖

立春的雨是粉红色的

立春这一天
雨　是粉红色的
见过太多心如死灰的雨
孤寂如蓝的雨
雨神的血
淡淡地来了人间
年里爆竹的纸　破碎地躺在水泥路上
褪去了灶火　遇见了天水
也是粉红色的

清晨　花族长叩了我的门
他不知道我喜欢谁
便将他们都带了来
杏花　桃花　郁金香
樱花　海棠　榆叶梅

最令我惊喜的是烟菊
这一世　她放下了佛门的戒律
这一世　她放下了枯寂的清规
这一世　她放下了放下的执着
着粉色的袍子而来
微凉　灵秀　香洁
这本不属于人间的美
却在人间无比自在地
炸开　绽开

唤来风信子　捎一封信给王国维
昆明湖边的王国维
告诉他　我看见了美
很多　很多
我看见了人间华严里
微尘花落又花开
我看见了他眼角的泪
不　那是涌出的心头血
那血泪
亦是粉红色的

我对我的沉默感到抱歉
我对我的胆小感到羞愧
我对我的自私无地自容
市侩大军面前
我不敢开口　说我看见了美
嫉妒屠夫面前
我撒了谎　说我不是美的族人

立春这一天
雨　是粉红色的
蹿出了因胆小避而不谈的思绪
突然想起你对我说过
粉色是一种力量

立春这一天的雨
枯萎后的新生
血泪里的新生
新生一朵稚嫩　柔软　赤诚
为美而生
向美新生

2019年立春
于杭州美上美学
忆王国维

【随笔小记】
　　美是一种发声，美是一种发生，是喉咙的发声，是心间的发生。让美发生，让美在你的心里，在你的生命中回声。苟日新，日日新，每天都在告别昨天的自己，每天都是新生。

刹那芳华

小时候
住在一条名为新庙路的巷子
破旧小巷里没有新庙
却有一间又小又旧的尼姑庵

一位比丘尼
从没见过她正脸
一开间的小庵里
她虔诚跪拜的背影
微弱的烛光
唯一与她相伴的光亮

谁家的姑娘
青丝落尽
暗影青灯
祈愿　日日夜夜
慈悲　一种比爱更伟大的爱

一次又一次走过那间小庵
背影挡住了她指尖拨过的念珠
一日又一日路过那间小庵
只见她把春秋串成了一生
如如不动

生命在某一刻遁入空无
生命在那一刻心无旁骛
生命在永恒里坚如磐石

佛前有花　名优昙华
一千年出芽
一千年结苞
一千年开花
弹指即谢　刹那芳华

三千年红尘一刹
三千年新庙旧庵
三千年愿你愿他所求圆满

心花芳华
刹那永恒

2021年2月16日
于福州
忆儿时旧巷

心花芳华　刹那永恒

2019年立春 摄于杭州

＼它是转世的老树　原谅了世间的恶＼

2017年12月31日　摄于印度菩提伽耶

风吹落一片菩提叶

小得只有条十字街的城
大得照耀万世虚空的城
千百年间
正觉塔下
如如不动
诵经人
逝去
菩提树下菩提叶

妒忌
杀死了老树
新树
它是转世的老树
原谅了世间的恶
菩提
新生了叶

转树
绕塔
泪水自己落下
砖头
树叶
慈悲渐渐生长

泪水在面庞上划出轨道
不必掩埋
你会看到
我也无数次为爱流泪

每一次流泪
心里多了一个人
每一场号啕大哭
心里多了一群人

爱的种子发了芽
手和脚才有力量
爱是无尽的宽恕
爱是本能的给予
爱是生命的礼物

有光的地方
就有爱
光是它的分身
让它
照耀你　温暖你　陪伴你

有风的地方
就有爱
风是它的使者
让它
抚慰你　拥抱你　亲吻你

爱
无处不在
遍布虚空

2017年12月31日
于印度菩提伽耶正觉塔下

———————————

【随笔小记】
　　爱很大，人很小，我们都在爱里面。

＼于自己心里　　我星辰无疆＼

2021年1月3日　摄于贵州西江苗寨

致一只小虫

于大时代里
我渺小如尘
于自己心里
我星辰无疆

世界不了解我
我也不了解世界
哦　不对
我不了解的
只是世间的人

猫狗花草
山川河流
它们可爱又美丽
它们自我又真实
你不用去猜
就敢拥它们入怀

此刻
一只小飞虫落于案前

身躯丑陋　皮肤褶皱
翅膀却如金箔一样闪光
透明纤薄
一生热烈只为追光而颤

光与美降临的这一刻
卑贱的真实
涅槃出
赤诚之高贵

2022年6月29日
于杭州
致中岛敦《山月记》中一只无名的幸福小虫

非分之想

企鹅是投错胎的鸭子
同命运搏斗吧
做真正的自己
可它一身肥肉

原谅它的傲慢
原谅它的孤高
原谅它的灵魂有洁癖
原谅它无法控制地暴露奇怪
它的家乡在那极寒之地

原谅它的偏执
原谅它的狂放
原谅它没喝过酒的醉话
原谅它飘出口的非分之想
它能表达的词汇匮乏得可怜

浑蒙平和
尖锐爆裂
命运抛了硬币
它游走在两端

原谅那只怪异的企鹅
一直投错胎的鸭子
忏悔交织着秘密
放进盒子
将它命名为过去

做一只发呆的企鹅
或是一只划水的鸭子
都行
都好

2018年11月14日
于澳大利亚墨尔本
遇见世界上最小的企鹅

／命运抛了硬币　它游走在两端／

2018年11月14日　摄于澳大利亚墨尔本十二门徒

天地孤亲

海风　浪花　沙砾
在暗夜里沉默

无名的创造者
此刻
我凝视着你的作品
此刻
我是你唯一的亲人

我的亲人呐
你日日夜夜咆哮
却无人在意
你日日夜夜悲鸣
却无人知晓

我的亲人呐
你日日夜夜低吟
泪水都谱成曲了吗？
你日日夜夜哀歌
泪水都流成海了吗？

我的亲人呐
若无人倾听
喧嚣是你永恒沉默的旁白
若无人懂你
繁华灯火
你仍是天地孤儿

寄一首诗给远方
远方说
大海会还你一个故乡

2021年3月12日
于青岛海边

【随笔小记】

　　或书海云游，或足行万里，远方和故乡都不远，它们都在你心里。

｜从流水中带来希望　从心阳中带来火种｜

2021年12月21日　摄于云南泸沽湖

渡河

瑜伽士在广场
身体它极温柔
苦行僧在山间
思想它极深刻

恒河东流清浊未定
溺水之人扑腾在爱河
夕阳与新阳的边界
亡灵要渡过冥界之河
可没有一个灵魂甘心失去光明

尖锐真实
目光如炬
从流水中带来希望
从心阳中带来火种

不愿失去光明

2017年12月30日
于印度瓦拉纳西恒河边

【随笔小记】

    我们都知道万般苦，唯有自度，但我们也从未慈悲地度过自己，反之，还把自己往更大的生死疲惫之欲望中丢弃，偏有一种不会沉的执念。久久不肯悲悯在欲望里苦苦挣扎的自己。

／时间结了各样的果子　挂满生命的枝头／

2019年2月14日　摄于安徽歙县

时光跳跃

四月的阳光
一切都是青苹果的绿
树叶编织着名为十六的小路
在嫩青的汁水间
清脆 酸甜

八月的阳光
一切都是耀眼的金
薄翼蝉鸣在名为二十六的小路
金币碰撞被琥珀封存
甜醉 酸辛

十二月的阳光
被时间遗忘
屋檐下风铃氧化后的铜绿
浸透了雨水
记录了风的来去
自在闪耀着岁月的拂痕
时间结了各样的果子
挂满生命的枝头
多彩 馥郁 深邃

2019年2月14日
于安徽歙县

＼荷花携着水珠参加舞会　不着 不住＼

2020年10月8日　摄于杭州西湖三潭印月

美好小鬼

天空
蓝得不敢多看一眼
生怕瞅见在跳舞的天神
低下头
方见水中天

太阳探出脑袋
她穿过了乌云
荷花携着水珠参加舞会
不着　不住
如露　如泪

我是胆怯的精灵
不敢直视世间美好
我是自卑的小孩
不敢拥有世间美好

美好是调皮小鬼
总在我没有防备时

突然地
映入眼里
落在手里
闯进心里

突然地
给我惊喜

2022年6月20日
于中国美术学院象山校区

【随笔小记】
　　天地有大美，世间也有大德，我要做的就是走出去，让自己与世界相遇。
我总觉得蓝天偏爱美术学院的学生，那里的天和云总是格外的美。

石鹰之殇

一只石鹰在仰望
它 向往云霄
什么样的风
能载起它的幻想

倔强的鹰 大地上昂首
渴望蓝天的胸膛
奋力张开了双翼
忘却了自己是石

不好 不好 真的蹦跶上去
该如何停留
嫉妒那不知疲倦的鲲鹏
逍遥游出了时空的边际

把窥视来的一刹风景
留在窃窃私语的故事里
将天空固执地收入心中
幻想藏匿于无声之秘境

2017年8月16日
于马来西亚兰卡威巨鹰广场

＼自由思考　真切行动　如此　才不会把独特迷失＼

2013年8月12日　摄于福建福州

写意人生

身体是禁锢
思想是自由
思考
"我"真实存在的痕迹
自由思考的人
才算人

不同
是我与世界碰撞的切面
千篇一律的世界没有错
千篇一律的我大错特错
人在失去自己的那一刻
奏响的不是苟活的乐章
而是死亡的序曲

自由思考
真切行动
如此
才不会把独特迷失
如此
才不会把真实泯灭

年代
轻描淡写的笔触
自由
浓墨重彩的绘本
生命渺小如草芥
时代碾过它
留不下痕迹

时间是决绝的恋人
它的无情留给苍白的灵魂
肆意泼墨的青春
年岁燃烧出色彩斑斓
如此挥毫
才算真正渡过这
壮阔的生命之河

2021年4月5日
于西藏噶丹寺

\时间是决绝的恋人　它的无情留给苍白的灵魂\

2021年4月5日　摄于西藏噶丹寺

〈如果快乐有道路

是我们自由思想的车轮

不约而同压出的路〉

2015年11月5日 摄于印度斋浦尔

你我皆兄弟

从独乐乐到众乐乐
共鸣之乐最乐
那是你我的和歌
是大家共同书写的生命交响曲

如果快乐有道路
是我们自由思想的车轮
不约而同压出的路
是我们同行的路
是由　是辙
是仰望前人之仰望
借把前人作扶手
是瞻　是轼

广漠之野　荒也　荒野
从宇宙洪荒里诞生
真理之火
唯智勇双全者能获取
唯悲智双运者能运用

鱼米之乡　苏
野火烧尽　苏
春风送暖　苏

顺旅兼逆旅
无晴也无雨
你我亦行人
你我皆兄弟

2022年5月16日
于杭州
读孙善春《见东坡》

【随笔小记】

    苏辙，字子由。苏轼，字子瞻。辙，车轮碾出的痕迹。轼，古代车厢前面供乘车人扶的横木。

璀璨星河

日光
把蓝天推向北方更远处
浪花云
是一层一层
梧桐黄叶铺满了来路
洋娃娃们成群结队郊游

时空划开一道裂口
"洋葱头""铆钉顶"
城堡突兀地出现
这段滴血的记忆

许许多多天使
屹立在高处
它们
是岁月里无声的诗
它们的造物者
不是上帝
是生灵

风雨人间
青铜被氧化　洁白有了污秽
完美的身躯　细小的孔洞
当天使不再完美
当泪水涌出双眼
心　它知道
上帝不会护佑人间的天使
即便人们日夜祈祷

涅瓦大街
五彩房子
统治者们的宫殿
骄傲和皇冠很快会消失
假意的情人们
美貌和情话很快会被遗忘

恋人们栖息过的屋檐
不停地传诵着故事
玩偶怪诞
奇特可爱
个性浓烈到了极点
喜怒爱恨写在脸上

喝下一杯伏特加
今夜
做一个饱满又热烈的人
理智的面具碎了一地
火红的头发散乱空中
胆小的四肢疯狂挥舞
任凭自由肆意叫喊

今夜
放肆地笑
号啕地哭
尽情地舞
高跟鞋红如烈焰
撞击在百岁老木上
咚咚地响
声音　发自肺腑
任它笑还是哭
在苍老到忘了年岁的房子里
回响　回荡

今夜
人们眼中的火
璀璨宛如星河

2015年10月1日
于俄罗斯圣彼得堡滴血大教堂旁

今夜 　人们眼中的火　璀璨宛如星河

2015年10月1日 摄于俄罗斯圣彼得堡

〝镜花水月　太美丽　让人欲断　水更流〞

2022年3月25日　摄于杭州柳浪闻莺

暧昧的云

暧昧的云
爱逮美丽的我
凡事不可执着
可我是凡夫

世间总有不可以的事
搅在一起
太荒唐
让人明知不可得

世间总有看不清的事
镜花水月
太美丽
让人欲断　水更流

世间总有说不明的事
逼着会说话的我
只能用哑语形容
形容　可又能形容什么呢?

2022年3月25日
于杭州柳浪闻莺

不醉不归

喝点小酒
模糊点人我的关系
模糊点物我的关系
消融点观念的差异
就这么静静的　该有多好
看着你微笑

多少误会都是词不达意
多少错过都是言不由衷
若是能只用心不用脑
该有多好
不用脑
不用恼

专家说月字旁的字
通常是一种病
那么脑子是怎么回事？
它估计病得不轻

我说心字旁的字
多半也是一种病
心大了　怪
心小了　悔

心不安 惊
心常安 憪
太坚强了 悍
太胆小了 怯
太用心了 懊
太无心了 恨

比这世间冰更冷的是人心
比这世间火更燃的是人心
我这颗上帝醉酒后造的心
一颗不完美的心

只想把全世界都灌醉
没有谎言 没有欺骗
没有算计 没有套路
只有真心诚意的情
只有长长久久的惜

每一颗跳动的真心
照亮人人回家的路

2021年1月4日
于杭州

／我欠天地一首诗　当用生命去书写／

2021年12月5日　摄于广西北海银滩

生命是流动的诗

当黄昏再次拥抱海水
时光只属于夕阳
没有谁比它更值得守候
我又光着脚来到滩前

日复一日　好天气
日复一日　守与望
日复一日　美与好
海风它不知疲倦

潮水和希望一同涌入心间
浪花与爱带来岁月的平静
银珠氧化　它在书写时间
少女们已在这里守候多年

礁石与海水在老去
她们永远年轻
翩翩起舞间
守候着人世的美好

雕塑告诉我"身体是凝固的诗"
大海告诉我"生命是流动的诗"
我告诉他们"我是一首逐美的诗"

银珠跳动在潮汐里
亿万沉睡的沙砾在苏醒
我欠天地一首诗
当用生命去书写

2021年12月5日
于广西北海银滩魏小明作品《潮》前

心生繁花

林间的风　吹乱了长发
舞动的裙　穿越了时空
回到百年前的五星之城
樱花树　一千六百棵
摇摆　战栗
如雪一般落下
凌乱完整
飘落掌心

柔嫩　透明
天使的皮肤
美得让人不敢用手触碰
天堂寄来的礼物
一闪嫣然
一闪娉婷

你猜不透
到底是因为美丽才短暂
还是因为短暂才美丽

风中突然传来它倔强的歌声
"风中的颤抖，
是我执着地摇曳生命"

飘落
来不及注视就已飘落
诀别
来不及告别就已诀别
凋零
美丽不停地凋零

执念剪断了四季
凡心挣脱了因果
让美丽在记忆中
封存　蔓延
日渐繁华

2016年5月3日
于日本函馆五棱郭公园

哑火的渴望

深秋
塔里木河来到胡杨林
火比叶子还小的季节
这里
只有火

烧不着的
它没有心
只是一种颜色
怪诞的哑剧

火跃在树间
焰跳在林间
小小的精灵
却没有灵魂

人们高呼着对火的渴望
渴求温暖
可真实的它　滚烫热烈
难免会灼伤人
被鄙夷　被抛弃

也许是宿命
更多是无可奈何

抽掉花火的心
是没有颜色的灵魂
千篇一律的人
才能不硌硬地拥抱

2020年10月24日
于新疆塔里木河胡杨林

生活是条癞皮狗

生活是条癞皮狗
有它的丑陋与可爱
哈喇子乱流还摇尾巴
我本想掐死这不完美的生活

它却笑着说
你该掐死的是你自己
好吧
我还不想死
它说得对
我也不完美

谁也没资格掐死谁
握手言和吧
让苟活和狗有个最好的谈判结果
垃圾箱里翻出照片
看了又看　再扔回去
垃圾一般的思念
一脚踢飞这垃圾桶
没出息的它又滚了回来

癞皮狗叼衔出回忆
粘着清透却发臭的唾液
生活是条癞皮狗
我还是想掐死它

2015年7月13日
于上海外滩

新阳　心阳

在苟且的日子里积蓄能量
在诗和远方里潇洒地跳跃
有什么梦想　都告诉夕阳
新阳是无声的履约者
在明天到来时
它会把你的梦想一起带来

一次次　用灵魂撞击彼岸之门
消散　失去所有的自我
寂静恍惚
霎时　触到了一丝光明

回望后途
远眺前路
荒芜与丰盛
在路的两边
毁灭与新生
在心的两端

黎明到来
划破天际的光亮
是我们心中升起的太阳
如心头血
滚烫顽强
鲜红浪漫

2019年10月9日
于韩国济州岛

在治愈一切的地方

到达
是一切的开始

走一条小巷
逛一次老街
喝一碗香茅叶子做的白汤
荷花开在安逸静谧的池里
托钵僧人在黎明前走过
僧袍的橘色唤醒了日出
他们的背影融进了光明
一颗心选择在这里安住

欲来了
便忘却了
痛来了
便原谅了

人静了
是时光的正式开始
心安了
是一切的尘埃落定

生命有光
生命之光本就是一种生命

圆满
圆满是只想在
没有寒风的夏夜
和你轻轻地　轻轻地

说——晚安

2019年12月28日
于老挝琅勃拉邦

心安了　是一切的尘埃落定

2019年12月28日　摄于老挝琅勃拉邦湄公河

＼但他们杀不死我　杀不死我笃信真理的心＼

2018年8月12日 摄于意大利罗马斗兽场

斗无知巨兽

野蛮的公牛
它可撞断我的肋骨
暴虐的君王
他可剪去我的舌头
但他无法制止我
制止我歌颂良知

他们
捆住了我的手脚
打断了我的骨头
但他们杀不死我
杀不死我笃信真理的心

从众的人们
嘲笑我的疯癫
我理解
这是他们的恐惧
聒噪的人们
咒骂我的天真
我懂得
这是他们惊恐后唯一的防卫

谁是野兽？
什么是人？

你说　浪子你不该骄傲
这虚伪的人间
谦卑让人在苟活里显得高尚
我说　天父我应该骄傲
那是我铮铮的脊梁
无论命运如何撞击
也从不弯曲的证明

划痕　划痕
一切行动都是对抗谎言的划痕
轨迹　轨迹
一切呐喊都是呼唤正义的轨迹
真正的慈悲绝不柔弱
雷霆在混沌里闪耀光明

可怜的嘲笑者们
可悲的麻木者们
愿你们有一天
触摸到本真的光
眼神重现最初的清澈
思想留下最后的深刻

2018年8月12日
于意大利罗马斗兽场
忆夏尔·皮埃尔·波德莱尔《恶之花》之《共感的恐怖》

纸片留言

海边老街的咖啡馆里
随手翻开落满灰尘的《燃灯者》
一片纸滑落
"我无数次幻想你能走过我身边"
落款 四年前的平安夜
没有署名

一个人静静地看着纸片留言
我们被同一本书吸引
相同的 思念 幻想
时间就这么划过
不知她的幻想成真了没有
此刻我却连幻想的力气也没有

滴漏咖啡在慢慢滴
人上了年纪
便喜欢确定和熟悉的事物
哪怕是熟悉的苦也好

那位无名的留言者
思念的漂流瓶还在心里漂吗？

人因寂寞而阅读
人因无言而写字
人因失落而给前人回信
给未来的人去信

人在孤独中看清自己
人在迷惘中书写自己
人在无望中穿越时空
手握普罗米修斯盗来的火

能找到共鸣的伙伴
能找到默契的朋友
能找到没有悲伤的小岛
无需盾牌真诚的拥抱

我急切地踏上一条路
化作无数座让孤岛连在一起的桥
在无数封来来往往的信中
遇见你

2021年12月4日
于广西北海老街的咖啡屋
读赵越胜《燃灯者》感动泪流，如获至宝

我无数次幻想你能走过我身边

2021年12月4日　摄于广西北海

岁月给了他最大的偏爱　那份礼物叫作自由

2016年6月2日　摄于台湾垦丁

孤勇赤子心

淡水河边
榕树爷爷摇晃着长须
河在流　人在走
水光晃眼
一晃一个王朝
一晃一世俗尘

生活没有那么甜
那些离不开的柴米油盐
教人学会算计
生活也不辣
那些逃不开的狂风暴雨
你能蹚过

流水冲刷着单纯
流水消磨着天真
阿波罗躯体里的赤子心
它还在吗?
是拿去交换米粮了
还是在战斗中早已灰飞烟灭?

少年在命运的河里扑腾
倔强　逆流而上
背着太阳
河神笑他幼稚
投降吧
戴上镣铐做我的奴隶吧

不　金灿灿的赤子之心
是他唯一的守护
从命运之神那里夺来的赤子心
是他唯一的筹码

流水冲击着桥墩
每一寸水泥皮肤　满是疼痛
欲望企图吞噬少年
他挥动的双臂　永不停歇

捆住奴隶的铁链变成了劳力士
铐住的是自由
文明穿上了虚伪的袍
诡计骗过了大多数

惠州有条叫淡水的河
生命亦如一条名为淡水的河
一切都会变淡
一切都会过去

手里没有铁
赤手空拳的少年
岁月给了他最大的偏爱
那份礼物叫作自由

漩涡
执着地旋转进河流深处
太阳神赋予的赤子之心
还在自由地为理想战斗

2016年6月2日
于世界上的某处

永恒的面颊上

一滴爱的眼泪

2017年12月25日 摄于印度阿格拉泰姬陵

在泰姬陵思念是一种痛

杂草肆意蔓延
长者树孤独于原野
天空下满目慈祥
这条铁路
从工业文明走来
将我带回到刀耕火种的年岁

白云不敢出现
似乎人间所有的白
只属于那个梦幻
寄托着无限思念的建筑

心颤　美得无法言语
大理石在阳光下
梦幻如贝壳的七彩
纯净的爱是一种光

瞭望　透过一扇小小的窗
在她走后的每一天

都能看见
纱丽在旋转

无限的思念
化作渴望
一块一块地垒起
一天一天地建造

用意义对治虚无
用思念抵达天堂
在这平凡的人间
用诗书写刻骨铭心

时间会告诉我　你是谁
时间会告诉你　我是谁
时间会给一切
答案

谎言和欺骗不会留下
思念和爱
久久回响
念念不忘的相思

孤注一掷的勇气
荡气回肠的传奇
那是你我的故事

永恒的面颊上
一滴爱的眼泪

2017年12月25日
于印度阿格拉泰姬陵

用一种无比灿烂的方式 封存所有的悲伤

2018年8月6日 摄于意大利佛罗伦萨

佛罗伦萨的夜

翡冷翠的夜　喧闹
如你的诗　如你
内心深处一团火
熊熊地燃烧

你从银河坠落　猝不及防
坠在我眼里　砸在我心中
巨响　皲裂　雀跃　悲伤
相遇里所有的故事
短暂地用八个字说完

不问宇宙
哪里是你的故乡
只问　陨石砸过的大地
该如何平整

星光渐远　荒芜渐生
滚烫的心　燃烧草原
爱之火蔓延　漫天
灼出了灵魂最深的渴望
却点不燃另一颗心
疼得灵魂从每一个毛孔向外逃窜

透明而孤独的梦
打碎的声音是清脆
指尖划过皮肤
遗忘的速度比流星还快

在绝望与虚无里
等待　抑或是原谅
一支烟的时间
等待　抑或是遗忘
一生的时间
等待　抑或是消散
是永远

明天我要动身去西西里岛
柠檬树上挂满了小太阳
用一种无比灿烂的方式
封存所有的悲伤

永恒的风吹拂着不知年岁的树叶
每一片叶子都有两种颜色

一面是鲜艳的思念
一面是暗淡的释然

释然里有永生的火焰
燃烧于
无尽
无烬的虚空

2018年8月6日
于意大利佛罗伦萨
忆徐志摩《翡冷翠的夜》

＼凡夫因执生痛苦　智者了脱常平静＼

2019年8月4日 摄于台湾高雄佛光山

笑哈哈

人间无事亦无情
愚人有事也无情
圣人无事却有情

凡夫因执生痛苦
智者了脱常平静
释迦牟尼在微笑
未来佛哈哈大笑

此刻
当下
你

此刻
当下
我

哈哈笑
笑哈哈

2019年8月4日
于台湾高雄佛光山
参加国际青年禅学营，与星云大师交谈

第三辑

爱上你 爱你如诗

拥有你的一分钟，黑夜灿烂如白昼。

——陀思妥耶夫斯基

我不擅长表达
也不善言谈
但我的内心却装满了整个世界
用自己的脚去丈量每一寸土地
在环绕地球村的旷野里
让爱化为一道彩虹
满是流年

＼浅浅一眼　确定是归来＼

2021年1月17日　摄于云南大理洱海

鱼鸟花开

浪漫是海　蔚蓝是天
撞见一汪美丽
难怪
海鸟和鱼相爱

渴望一片无比宽广之大海
雕刻所有不可能
渴望一片没有穷尽之蓝天
封存所有不可能

等待一场相遇
没有说话
浅浅一眼
确定是归来

鱼在天上飞
鸟在海里游
把你的家乡当故乡
是将原本呼吸的方式遗忘

每一根羽毛
浸润着蓝天之温柔
每一片鱼鳞
舞动着深紫之波光

相视　隔着无数微尘
忽然的一眼
世界按下了暂停键
用什么来证明灵魂的存在？

那些身不由己的
梦中花开
梦里花落

2022年5月26日
于舟山海上

在七月以前做个平凡的人

在七月以前做个平凡的人
那时果实还没有成熟
那时风还是轻轻地揉

我叹了口气
知道自己还要等
在一朵一朵枯萎的蔷薇里等
花瓣与愁绪一片一片凋落

在七月以前做个平凡的人
你的礼物还未准备好
我还是幼稚地爱胡闹

我叹了口气
有些梦不会得到
一脚油门踩进黑夜里入了眠
哪怕早已过了安息的冬季

在七月以前做个平凡的人
背对夕阳残存着美丽
口袋装满诗人的浪漫

我叹了口气
鸿雁的翅不再挥
八月未到心脏还未爆裂燃烧
你没有借口冲进我的怀

在七月以前做个平凡的人
有一天你会忽然知道
血液里思念比酒更稠

我叹了口气
吹散七弦琴的灰
无处落笔却借口说柳絮不飞
流光纸上填满了你未归

劝自己该安稳于红尘
劝自己甘心此生平凡

2022年11月1日
于杭州

怦然心动时

世界上最遥远的距离不在光年之外
而在两心之间
唯有深信与心心相印
才有那表里如一的微笑

心的起伏如惊涛拍岸
电光石火
宇宙涌现洪荒浩劫
呼吸之间
身体随时会分崩离析

于世界而言
什么都没发生
照样云淡风轻
依旧山高水长

于他呢?
究竟这微笑是默契还是敷衍?

宁愿是深情
这一秒灿烂的微笑
暗夜耀眼闪如白昼

2021年12月15日
于云南香格里拉腹地梅里雪山

〈这一秒灿烂的微笑　暗夜耀眼闪如白昼〉

2021年12月15日　摄于云南梅里雪山

／把刹那的因果种在彼此走过的路上／

2022年9月30日 摄于温岭石塘

一根红勒绳

若是占有的私念
一丝红线都是彼此的勒绳
若无恒久的执念
天地轮转都是重逢的喜悦

深深　深深的爱
广广　广广的情
把刹那的因果种在彼此走过的路上
任单向的空间无限被拉长
绵延　无限　无限

时时　念念的我
后知　后觉的你
相见　相遇　相续
那都是天的事
缘的事
与你我都无关

且随它去吧

2022年8月4日
于杭州

\世界美得让人心动眩晕\

2019年6月25日 摄于青岛

造物者的游戏

每一滴朝露
交织着一夜汗水
软化着被单的经纬

每一缕晨曦
裹挟着闹铃
分开了一夜的十指紧扣

每一次睁眼
冲撞了车渠里的维也纳
你交出了一颗心

世界美得让人心动眩晕
瞳孔里那双眼睛的倒影
像设计师精心雕琢过
像是上帝搅乱人心的恶作剧

深深地相信
世界对美丽的人儿
有偏爱

无论他做什么
你都无法生气
多看他两眼便了却了一切烦恼

上帝是个任性的设计师
造出美丽世界
打破那本该平凡的生活

上帝是个坏透的设计师
造出漂亮朋友
晃动那本该平静如水的心

你坏
我的爱

2021年4月20日
于深圳
忆莫泊桑《漂亮朋友》

给你

如果我能像夏天一样
给你我全部的美好
如果我能像夏天一样
给你我所有的炽热

如果我能像夏天一样
让你忍不住疯狂
如果我能像夏天一样
让你陷入爱河

如果我能像夏天一样
入你四季的梦中
如果我能像夏天一样
我们都不愿醒来

短暂　是现实
永远　是幻想
在幻想里
把世间一切美好
给你　永远

再没有什么能给你
微笑呆滞
泪水一行
温热而无用

再没有什么能给你
礼物　最珍贵的和最轻贱的都一样
给你　是你不曾注视过的
我的心

2022年8月25日
于杭州

在梦幻的泡泡里

起飞　跳跃
用尽任性
熔化了一对白蜡羽翼
打开平行宇宙之门

去湖上牧云
去江上猎风
去昆仑射日
吃和爱
再做一生的白日梦

在七彩泡泡里
一分一秒都不放过
不停地跳舞
累了
就歇在你心里

世界会实现人所有的梦幻
只是不知道在哪一刻
那七彩泡泡
还不曾腾起

就猝不及防地
碎了一地
只留一声轻轻的叹

无悔拥抱过那一天
如梦如幻

2022年8月7日
于深圳摩天轮

【随笔小记】

　　阿佛洛狄忒无法唱响爱情与美之圆满乐章。伊卡洛斯献上了双翼，变奏出命运的完结篇。

　　爱同美在失与得之间，是从渴望到忘我。

　　爱与美，这两件无限奢侈的事，唯有无我之人能同时获得。

　　伊卡洛斯的白蜡翅膀熔化在光中，他不顾一切追逐的生命永恒定格在了爱与美的怀抱中。

爱成陌生人

开心的时候
没有亲吻
难过的时候
欲哭无泪

浓烈情感
诀别时
却是拘谨
称呼一退再退
无法拥抱
狼狈不肯流泪

没有理由触碰
这注定没有结果的爱
还是不要再加码为好

想找一百个牵强的理由
说　和你
想找一百个牵强的借口
说　真巧

可千言万语的心
欲言又止的唇
终究是
只字未提

缘分
只够扮演路人
人潮汹涌
擦肩而过

你好　再见

2022年8月8日
于杭州

无悔

我尖叫 我咆哮 我怒吼
这该死的丘比特
只因我嘲笑它矮小
便射穿我心脏
给我一生触不到
求不得的梦
追逐 无法自已
狂奔 理智丧尽

光明在我身后
苦苦哀求
不要去 不要去 不要去
它怕我迷失了自己 遗失了它
可我无法控制
手和脚有它们自己的妄想

心痛
我抛弃了光明
但不会腐烂
月光照亮了我的墓
无悔是我的墓志铭

用尽最后的力气
鄙视丘比特
嘲笑它矮小
嘲笑它不懂爱的伟大

无悔
在死亡也无法落下休止符之地
无悔
它唱尽了夜的歌

2018年8月13日
于意大利罗马伯格赛美术馆

〈无悔　它唱尽了夜的歌〉

2018年8月13日　摄于意大利罗马伯格赛美术馆

＼你我的缺　无缘　无圆＼

2020年9月11日　摄于西藏布达拉官

还剩下什么

世间安得双全法
不负如来不负卿

如来
不在西天也不在庙里
是我的爱人
卿
不是你
是情非得已的自己

无悔和周全
只能二选一
周全是遗憾
无悔是残缺

我不配完美
也不配圆满
你我的缺
无缘　无圆

世界自有圆满
枝头无奈掉光了叶

暗夜摇晃了谁的怀
无情而不老的天边
自有那一轮晶莹

2020年9月11日
于拉萨街头

在白沙湖底

爱神
我祈求你的怜悯
此刻
高贵的头颅已低下
此刻
弱小的四肢已匍匐
此刻
幽蓝的泪水已渗透地心

爱神
我祈求你的怜悯
此刻
你懂我的哀伤
此刻
你懂我的痛
此刻
你已瞥见我奔涌的泪水

因为那些
都是你让信使送来的毒药

爱神
我祈求你的怜悯
结束吧
把他遗忘或者把我毁灭
这些
都是我的解药

湖底月 黄粱梦
捕梦人偏执
坠入
空欢喜

此刻
我已沉入湖底
无力呼吸
冰冷包裹
四下虚无

2020年10月22日
于新疆白沙湖

把他遗忘或者把我毁灭

2020年10月22日 摄于新疆白沙湖

未寄出的吻

火是扑不灭的
红着脸
结巴地说着胡话

孤独的结
无解
除非等到特别的信
信
是我写的
幻想中寄给了你
寄给了幻想中的你

冰冷的雪不化
雨夹雪的心
分不清
是浪漫还是心酸
在梦里哭了一夜
以为得到了爱神的怜悯

你说等我
转身离开

我还在等
天却亮了

言语之外
生命之外
我还在等
未寄出的吻

2022年11月26日
于杭州

\心　它想一探究竟／

2019年1月12日　摄于印度尼西亚蓝梦岛

左手是海　右手是湾

海浪拍来　涛声惊人
金巴兰　危险又迷人
跳进海水的冲动蔓延到脚趾
心　它想一探究竟

海湾的臂膀
温暖又确定
阳光和爱总是不缺的
心　它渴望停泊

两个自我却只有一双手脚
让我和我决斗一场
赢者决定身体的去留
可我没有两栖的肺

围观的群众都散了吧
我和我的架打不成了
他们早就放弃了战役
我也要学着放弃才好

比海浪还汹涌的心
视而不见的眼

哑巴对聋子的爱
搁浅在字里
聋子对哑巴的爱
沉入了海底

艳阳如火
心血入海
傍晚落下了帷幕
心绪熄灭在黄昏

2019年1月14日
于巴厘岛金巴兰海边

〔艳阳如火　心血入海〕

2019年1月14日　摄于巴厘岛金巴兰海边

这一等　便是八万四千劫　一落惊鸿

2020年7月5日　摄于安徽黄山澍德堂

落雨的时候

下雨了
我亲不到它
但我扬起脸
等它亲吻我的面庞

下雨了
我触不到它
但我摊开手
等它落进我的掌心

下雨了
你在雨中走过
不曾发现
我触不到你

缘
擦身而过
没有握住
想再追回来
便是万水千山
咫尺天涯

雨
落进土里
等它再回来
这一等
便是八万四千劫
一落惊鸿

2020年7月5日
于黄山歙县
夜宿七封情书

墨点诞生

委屈
委屈到无法言诉
无端的泪
不息的雨
狂暴的浪
袭来海的怒

一口气把心里话都往海里倒
大海开出一片片花
戴望舒的诗里
那是青色的蔷薇
几个波浪翻滚后
蔷薇不复存在

鲸鱼在大海里只留下哀歌
没人注视过它的泪
美人鱼的一生散作泡沫
消失在永恒之海
渺小破碎
仿佛不曾存在

通红的眼
记忆里也终是黑白的点
遗忘　在眼前
遗忘　在身后
遗忘　在虚空

2019年9月12日
于日本海上

＼通红的眼　记忆里也终是黑白的点＼

2019年9月12日　摄于日本冲绳岛

女画家

每张画从来都不是孤独的
气韵成缕
一颦一蹙
一呼一吸
一张一弛
一生凝结

或流过坊间共氤氲
或玄砥万象意磅礴
或温婉娇媚随心时
雁过留声雪泥鸿爪

一股淡淡的檀香
从那女子指间
落在画里
我喜欢檀香的味道

那女子本身
就是一张画
她温柔的旗袍里
一颗包容山河的心

她娇美的笑容里
一种淡如秋水的静

她说
空白皆妙谛
我说
无声胜有声

我猜
我是喜欢上她画里的世界了

——给文蔚老师

2022年7月9日
于杭州信雅达艺术中心文蔚老师画展

＼是梦中雪　是雪中梦＼

2020年9月6日　摄于西藏廓琼岗日冰川

雪花的快乐

正要离开的时候
风把地上的雪花吹了起来
旋转 旋转 旋转
飞扬 飞扬 飞扬
抗拒着地心引力
回旋在白色秘境
向上飞扬

冰川屹立了亿万年
小小的雪花却短命
一阵风的时间
它轮回
注定只能在这冰川世界里
它轮转
注定逃不出这顽固的宿命

你伸出了手
却留不住一片细小的雪花

世间万事皆可认命
唯独爱不可

道士下了山
和尚还了俗
种白莲花的人改种了红蔷薇

冰雪蔷薇
白焰光阴
是梦中雪
是雪中梦

睫毛上的雪融化
是泪　是花开
蔷薇爬满心房
鲜血滴落冰面

爱与痛交织的世界
本就不止一种颜色
不属于人间的美丽
唯有白雪得以封存

人间情欲
比无上经文更能激起行动

欲火的爱
点燃了三昧真火的愿

看雪的人眼里闪出火
雪白的肤美过了雪
雪白的心净过了雪

永恒是慈悲的谎言
刹那是心碎的真实

2020年9月6日
于西藏廓琼岗日冰川

／时针飞旋舞动　跳转在唐宋元明清的聚会／

2020年10月21日　摄于新疆慕士塔格峰

等待苏醒

世间现实且荒唐
躲在被书包围的小屋内
我是这里的山大王
文字带着玫瑰
时针飞旋舞动
跳转在唐宋元明清的聚会
纸片　白云般轻柔
天梯与魔毯承载着灵魂的星辉

大家说你需要的是
另一种纸
它的名字叫"金钱"
"没有它，你活不下去"

错　错　错
大错　特错
没有爱才活不下去呢
金钱是个好东西
可以买来米粮
但买不来温柔的呢喃
买不来满是爱意的佳肴

若是没有爱
我宁愿不活了
随便哪个天神
又或是牛鬼蛇神
让它们把我带走
可它们却说
"别走，留在人间"

我会相信　我会等待
我会好好吃饭
直到那个灵魂苏醒
醒出一片蔷薇海

2022年5月3日
于杭州

〈天梯与魔毯承载着灵魂的星辉〉

2022年4月10日 摄于杭州西湖

〉听 弦动沙起 银铃胡鼓〈

2021年5月4日 摄于宁夏中卫沙漠

为你

沙漠中为你跳一曲胡旋舞
大风吹来
我是旋转的飞天
风沙把阿拉伯的精灵带到我面前
它有两个宝贝
数字和故事　只能给我一个

我坚定地选了故事
我的爱人呐
我没有珠宝可以给你
没有人间纸上的数字可以给你

风中　我为你起舞
夜里　你依偎在我怀里
白帐银灯下　微光烛火中
我向你诉说　那些光怪陆离的故事

听　弦动沙起　银铃胡鼓
听　千声万响　钏镯交鸣
听　沙上花开的声音
那是我为你飞转的心弦

2021年5月4日
于宁夏中卫沙漠

〉糖是银河里摘来的甜　盐是喜马拉雅采的光〉

2021年12月18日　摄于云南香格里拉

田螺姑娘

我有一口装满星星的锅
煲尽世间美味羹
大火小炒珍馐烹
碧油煎出嫩黄深

我有一口装满星星的锅
糖是银河里摘来的甜
盐是喜马拉雅采的光
醋是月光倾洒下白霜

我有一口装满星星的锅
浪漫是锅的底色
时间是我的围裙
火神是我的仆人

我有一口装满星星的锅
你舌尖上的美味
是我心底的温柔
闪耀着喜悦的光辉

2022年6月27日
于杭州家中

盖碗不离

杭州　盖碗龙井
容桂　盖碗咖啡
吉隆坡　盖碗茅台

盖碗
特别的容器
盖碗
不可分离
离了谁
都不成样子
离了谁
都没了用处

盖碗里装什么都可以
我们以什么谋生也都可以
我们在一起
或空或满
我们在一起
亦苦亦甜
我们在一起
平凡又曲折

任凭岁月如水
流过我们
世间有无数温柔
我有一个你
足矣

2021年11月25日
于顺德容桂河边咖啡馆

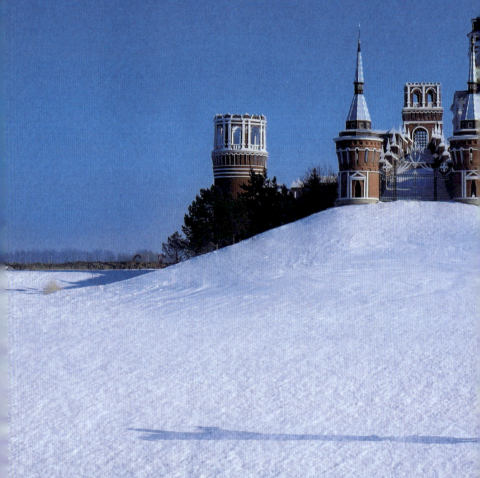

＼无拘无束　自由荡漾＼

2020年12月19日　摄于哈尔滨伏尔加庄园

浪漫之魂

天气预报说——今晚有雪
于是我在等
一场风花雪月的故事

山不过来我过去
雪不下来我上去

从皮肤里溢出灵魂
广阔山水间
我流浪
推开时空之门
我飘荡

浮云聚散
雪花漫天
无拘无束
自由荡漾

风花雪月夜
梦幻泡影事
无垢无净心
光明澄澈人

2021年1月19日
于大理鸡足山

外婆的传家宝

小时候外婆教我写的第一个字
是"春"
她说这个字写好了
字就写好了

多年后
外婆离开了
我走在平凡的尘世间
摇摆在柴米油盐里

天真明眸的恋
婆娑泪眼的欲
眼睛知道我太多秘密
泪水冲走所有的不甘

每一颗泪珠凝在面庞
像晨露
挂满流年

默默微笑
想起了外婆的"春"

原来心里的"春"
写好了
人生何时不花开

那些没有你的日子
我挑水　劈柴　喂马
不住在有你的海边
住在我春暖花开的心里

身体倒下前
玫瑰花与枇杷树会接住我
接住用尽全力的我
埋葬不甘平凡的我

每一片花瓣　是我
每一缕阳光　是我
每一次结出饱满的果实　是我
把绵绵思念藏进了泥土

骗过了因果
瞒过了轮回

我爱你
与你无关
与相守无关
与岁月也无关

2021年11月30日
于福州家中
忆外婆

＼生命里一瞬间　　定格着我们的相爱＼

2020年9月24日　摄于千岛湖

飞蛾与我

早秋的千岛湖
如流心薄荷糖般清凉
一只飞蛾在佛堂里跪拜
烛火映过薄翼
草木享受阳光

我和飞蛾
交换了时光
我的短暂
是它的一生
它替我忏悔
我替它自由

交错中相遇
生命里一瞬间
定格着我们的相爱
飞蛾掠过
灼热惊鸿

2020年9月24日
于千岛湖

爱是勇者的豪赌

爱是一场豪赌
勇者押上了性命
对方若是爱了
便赢得了一个世界
对方若是不爱
任由心头血滴落
直至灰飞烟灭

老天是个孤独的老光棍
胡诌乱道他懂姻缘
圆满　一旦被他发现
便要嫉妒　便要破坏
不能遂人愿

可怜的糟老头子
也就只剩这么点破坏的权力
勇者没想过要和老天叫嚣
本能地去爱
不怕输地爱

带着憧憬和希冀
揣着伤不死的心
他还在追寻
还在奔跑

爱　不会熄灭

2017年3月7日
于澳门

\此刻 她是天地间唯一的歌者 世界再无喧嚣\

2021年3月10日 摄于青岛

疯狂的愿望

夜幕下
浪花翻涌奔腾
隔绝着俗世的分贝
红尘里的人歇了脚

漫天烟花
暗夜里的炽热
它占据着我的双眼
无边夜空　无垠宇宙

爆裂声回响在耳边
此刻　她是天地间唯一的歌者
世界再无喧嚣
心跳与她同步

蝴蝶的梦里
听见有人说——
"烟花绽放的时候，
你是自由的"
于是　我奔向了你

相拥
一场烟花的时间
把这一生的情诗写完
把这一生的情话说尽
把这一生的浪漫耗光

在绚丽火焰里一同燃烧
黎明前竭尽所能地疯狂
海浪汹涌是唯心的理智
焰火放浪是自由的真诚
像孩童般纯粹天真
像暴怒者还生活一个挑衅

至此
情书绝笔
烟花入海

至此
风花雪月
绝口不提

至此
我已泯灭
人间多了个无情的凡夫

至此

2021年3月10日
于青岛

／心如墨色　唯见枫红／

2019年11月14日　摄于杭州九溪烟树

待无

天青雨后
思念蔓延
抬眼望空
归至竹林

凌迟思念
笔墨如刀
血字写尽
缘也了了

一笔一刀
一字一血
一寸一肤
一句一泪

轮回虚无
怯懦无歌
心如墨色
唯见枫红

2022年小雪
于杭州九溪烟树

＼我相信　满树的花朵　只源于冰雪中的一粒种子＼

2021年5月23日　摄于青海翡翠湖

信仰

她说
我相信 满树的花朵
只源于冰雪中的一粒种子
我相信 诗篇三百
反复述说的
只是 年少时没能说出口的 一个字

我说
我相信 如果今天真有意义
便是提醒少年们勇敢
中年们不再等待
只要你不肯答应
心就不会真的老去

我说
我相信 满树花朵用尽一切力量
从寒冬中走来
在春风中凋零
它用逝去
唤醒我们的心

温柔的容颜会老去
只想在它逝去前
亲耳听一听
年少时没能说出口的那个字

我说
我相信　爱里有无尽的原谅
原谅年少的胆怯
原谅中年的市侩
原谅老年的记忆褪了色

那个永远没说出口的字
在无限时空里
环绕着你我

2020年5月4日
于绍兴
忆席慕蓉《信仰》

在爱是永不止息的国度

机翼穿行在喜马拉雅
灵魂在银河里荡漾
恍惚间降落在
爱与和平永不止息的国度

一千六百年前
养鸡的女子发了宏愿
建塔的那一天起
她便是神

牛皮　一张小小的
细细裁
圈地　一块大大的
渺小生命　迸发坚定
筑起　无尽的慈悲

夕阳　拿出它最真挚的供奉
金色光辉
散开在佛塔周围
心光与信仰交融

这一双智慧的佛眼
注视着你我
这一双悲悯的佛眼
环视着你我
这一双平静的佛眼
凝视着你我

前世天上为美盗了花
今生人间造塔把债还
宇宙中最美的不是花
是愿
是希望
是救赎

白塔屹立在时间里
轮回转成了永恒
加德满都很小
满愿塔很大
当平凡喊话天神
渺小会绵延时空万里

是慈悲
是爱

那爱
是永不止息

2018年4月24日
于尼泊尔加德满都满愿塔

【随笔小记】
地标有两种：一种是世间物理的建筑地标，一种是烙印在心里的灵魂地标。两种地标在实与虚之间相遇，你构建了一个属于自己的世界。

＼当平凡喊话天神　渺小会绵延时空万里＼

2018年4月24日 摄于尼泊尔加德满都满愿塔

只此一眼

看到了世界的尽头

后记

刹那芳华，我写下这四个字时，已体悟过天地间行走的快乐，也已然读懂了你看我的眼神里满是爱的缘由。只此一眼，看到了世界的尽头。这一路微光闪烁，心河路明……

川端康成说过："时间以同样的方式流经每个人，而每个人却用不同的方式度过了它。"我更愿意把时间、生命花在追逐美好的事物和人上。每一次冲动的追逐，都是垒起一生无悔的砖……

也许日渐趋同的时代、日渐单一的价值观念已经不允许人们有自己的喜好，似乎除了产生经济价值以外，所有流逝的时间都叫作浪费。本书的足迹及书写出版的过程，皆无经济价值考虑，于时代而言是浪费时间、不务正业。然而人生不是"节约与浪费"的选择题，不是最高性价比的计算题，而是"是否值得"的论述题。

回顾我的来路，看似洒脱，实则匆匆忙忙。路，走得匆匆忙忙；诗，也写得匆匆忙忙，有一些微妙的感触还来不及细细品味，就在匆忙间一闪而过。

有时候，我走路，是因为思想在现实里找不到出路；有时候，我写字，是因为有些表达从口中说出终觉浅薄。唯有笔尖重重划过纸面，心绪才能得以平静。这些潦草而胡乱的涂鸦，终归是我自己用生命在岁月荒漠上留下的划痕。

很多文字，是流着泪写下的，落在纸上仍觉幼稚。诚如鲁迅那句："人类的悲欢并不相通。"

也许活在地球上是人类共同的宿命，但我一直相信，是否活在美好里，一定是个体的选择。

若是能以匆忙、幼稚的文字抛砖引玉，让阅读的朋友们多些对自我的深情注视，对心动的坚定选择，对美好的自由追求……那么，那些被我使用掉的时光就不算没有意义。

生活无论酸甜苦辣，都很有滋味。

生活必有酸甜苦辣，都是体验和经历。

比起愿你常欢喜，我更想说的是永远爱你。

从生到死的河里，八万四千法门，皆是你的舟，你的船。

你于彼岸回头，八十一难，会心一笑，且让它们都淡去、遗忘。

你于彼岸回头，繁花盛开，拈花微笑，美好如影相随。

非常感谢本书出版过程中所有启发、支持与帮助我的师友们，是你们的肯定给了我自信与力量，让我在下一步的写作中有了在废墟上重新建构的勇气与决心。是你们的智慧与善良喂养了我这个渺小的灵魂，使之有了自己的颜色，饱满且充盈。

正如友人刘胱所说："写字的人是痛苦的，只有遇到另一个懂他文字的人才会快乐。"本书出版过程中，遇见了许多懂得的人，是意外的惊喜。是你们的懂得，让光阴充满共鸣之乐。

谨以此书，八十四首小诗、一片风景、一颗真心，献给此刻的你。

感谢所有阅读我文字的朋友们。

愿你我的一生充满爱与光明，无悔且美好。

谨以此书表达我对这个世界的热爱。

谨以此书表达我对所有遇见的感谢。

林祺 敬上
2022 年感恩节初稿
2023 年春分复改
2023 年小暑定稿

鸣谢（按姓氏拼音排名）

/

启发者

蔡云超	杭州市书法家协会副主席
潘维	当代著名诗人
舒羽	当代著名诗人
施炜	华夏基石管理咨询集团合伙人
闻中	中国美术学院教授

支持者

鲍成凯	黄山歙县七封情书民宿主理人
陈子劲	中国美术学院教授
程建文	北京敬人文化咨询机构董事长
刘胐	尚林苑文化传播有限公司董事长
毛华届	衢州市公安局宣传处副处长
陶敏超	浙江大学建筑设计研究院环境艺术所所长
俞宸亭	桐荫堂堂主 中国青年作家学会副主席
杨肖蓉	信雅达文化艺术有限公司董事长
许培培	博雅纸业有限公司董事长（本书封面纸张赞助商）
叶根友	当代著名书法家
朱锦绣	纯真年代书吧创始人
张艳红	海南红瑞集团董事长

总策划 / 摄影

毛红有

活在地球上是宿命
活在美好里是选择